子说 合璧

戴琼 李瑶 著

中国文联出版社
http://www.clapnet.cn

图书在版编目（CIP）数据

子说·合璧 / 戴琼，李瑶著. -- 北京：中国文联出版社，2020.8
ISBN 978-7-5190-4267-7

Ⅰ. ①子… Ⅱ. ①戴… ②李… Ⅲ. ①诗集－中国－当代 Ⅳ. ①I227

中国版本图书馆 CIP 数据核字 (2020) 第 121448 号

子说·合璧　Zishuo Hebi

作　　者：戴琼 李瑶	
终 审 人：姚莲瑞	复 审 人：曹艺凡
责任编辑：周劲松	责任校对：仲济云
封面设计：刘枝忠	责任印制：陈　晨

出版发行：中国文联出版社
地　　址：北京市朝阳区农展馆南里 10 号，100125
电　　话：010-85923039（咨询）85923000（编务）85923020（邮购）
传　　真：010-85923000（总编室）010-85923020（发行部）
网　　址：http://www.clapnet.cn　　http://www.claplus.cn
E － mail：clap@clapnet.cn　　zhoujs@clapnet.cn

印　　刷：北京启航东方印刷有限公司
装　　订：北京启航东方印刷有限公司
本书如有破损、缺页、装订错误，请与本社联系调换

开　　本：880×1230	1/32
字　　数：49 千字	印　张：6.75
版　　次：2020 年 8 月第 1 版	印　次：2020 年 8 月第 1 次印刷
书　　号：ISBN 978-7-5190-4267-7	
定　　价：68.00 元	

版权所有　翻印必究

戴 琼

戴琼,高级会计师、注册会计师、资产评估师、税务师,应用会计与金融理学硕士、金融方向 EMBA、管理学博士。现任北京中崇信会计师事务所主任会计师、北京中税融智税务师事务所所长、北京惠信财税与股权融合法治研究院院长、北京市工商业联合会第十四届执行委员、中央财经大学税收筹划与法律研究中心研究员、清华大学国家 CIMS 培训中心主讲专家、中国注册会计师协会第六届专业指导委员会委员、北京注册会计师协会非鉴证服务专业技术委员会委员,兼任独立董事及多家大型企业集团财税顾问。

曾任 LG 电子(中国)有限公司财税总括、中达安永会计师事务所主任会计师、中达耀华信会计师事务所副主任会计师,曾兼任中央财经大学客座教授、北京大学研究员、太原科技大学客座教授等职。

在财务审计、报表分析、集团财务管理、制度设计、会计核算、税收筹划等方面有扎实的理论功底和丰富的实战经验。工作之余,著有《财政货币政策研究》《私募股权投资基金税收管理与纳税筹划》《律师行业最新流转税与所得税操作实务与技巧》《营业税改征增值税操作实务与技巧》《供应链纳税管理》等 14 部著作,发表论文《中小会计师事务所发展研究》《新税法下的纳税筹划》《财务风险控制体系的构建》《事业单位会计制度基于实践的几点思考》《事业单位财政拨款结转和结余资金会计核算的具体应用》等数十篇。

李 瑶

　　李瑶，注册会计师、税务师，北京注册会计师行业领军人才，香港浸会大学应用会计与金融理学硕士。现任北京中崇信会计师事务所副主任会计师、北京中税融智税务师事务所副所长。

　　曾任大型会计师事务所高级经理、部门经理、审计部总经理等职。从业17年来，曾主持众多大型央企年度会计报表、企业改组改制、IPO、发债等审计，以及经济责任审计、清产核资专项审计、内部控制审计、内部控制建设及咨询等各种类型的专项审计和咨询服务。曾作为中国注册会计师协会专家和兼职检查员，参与证券事务所的质量检查工作，为中国注册会计师协会案例库编写案例。

　　著有《清产核资操作指引》《北京市农村集体资产清产核资100问解答》。

卷首语

在一个充分理性、满眼数字和严谨逻辑的财税空间里摸爬滚打二十余年后，年过"不惑"的我们，想用一种天马行空、清风明月、闲适安逸的笔触，记录我们所走过的旅途和所经历过的点点滴滴。这里无关生活的哲学、无关品味的雅俗、无关死生的质拷！我们没有足够的才气和满卷诗情画意，更没有足够的底蕴谋求韵律工稳。笔之所至，随性而为；情之所至，有感而发。正如我们在《天净沙·自嘲》中所说的"流俗市井坛经。巴歌笛韵诗情。朗月清风鹤影。遣闲随性，问何俗雅喧泠"。我们有如贪玩的孩子，静守流年，一路上捡起五彩的贝壳，铺在路边做成标记，以便在想家的月夜里能够找到返回的路……

作为注册会计师的我们，惯看了经济领域的风起云涌，坐享了社会发展的日新月异；作为步入中年的我们，有着被青春抛弃的无奈，有着对洗净铅华岁月的不舍！生命的年轮已经不经意间在我们的脸上涂抹了岁月的风霜，雕刻上流年的印痕；平淡生活中所堆积的故事，却真真实实地感动或灼伤着我们的灵魂，让我们在不断希望与不断失望之间慢慢完成了成熟的蜕变。不管是"慢煮山泉听心语，闲看庭前籁落花"的恬淡，还是"独守林荫里，懒卧响轻舁"的不羁；

不管是"残阳渐去，一诺倾情笑妄语。寒光月影，荷锄归去葬落花"的哀怨，还是"慕寒倚竹，薄裳听雨熄篝火。夜色俱寂，一弯残月诉断肠"的清寂，都是在明白了世事沧桑，进而转入顺其自然、淡定人生心态后的独白罢了。

我们用一杯香茗、一缕清风、一轮明月、一曲莺歌、一声蝉鸣，伴一颗纯净的心，痴痴地守望着生活与岁月的点滴静美。

在同学和朋友圈里，展现的是略带疲惫后的真我。能静守内心的纯真与清明，是一生中最大的幸福。之所以要将其整理成书，是因为这些出自同学和朋友圈的随兴调侃，将随着时间的推移而快速逝去。收藏了它们，也就收藏了"苦乐同风月"的记忆；尊重了它们，也就尊重了"诗酒共华年"的曾经！

我们要感谢北京注册会计师协会和北京注册资产评估师协会，是他们把我们这些对于注册会计师行业发展有着坚定信念和执着梦想的中小执业机构管理者聚集到一起，让我们有了充分沟通和交流的平台。在同学们的鼓励和支持下，我们有了创作的灵感和不断前进的动力！

本书的出版得益于中国文联的周劲松博士和中国书画杂志社的刘枝忠老师，以及中国文联出版社领导的鼎力支持和无私帮助，谨致谢意！

戴琼于北京
2018 年 10 月 2 日

目 录

第一篇　自嘲自娱以开怀

2	天净沙·自嘲	15	自　嘲（四）
3	秋日闲坐	16	自　嘲（五）
4	心　趣（一）	17	自　嘲（六）
5	心　趣（二）	18	自　嘲（七）
6	无　题（一）	19	自　嘲（八）
7	无　题（二）	20	自　嘲（九）
8	秋日品茗（一）	21	自　嘲（十）
9	秋日品茗（二）	22	自　嘲（十一）
10	春日赏花	23	自　嘲（十二）
11	中　年（偶得）	24	自　嘲（十三）
12	自　嘲（一）	25	自　嘲（十四）
13	自　嘲（二）	26	自　嘲（十五）
14	自　嘲（三）——读老树画作有感	27	夜　读

第二篇　同侪相济以壮怀

30	沁园春·同学	33	临江仙·东关古渡
31	悟	34	鹧鸪天·念"领军三期"同学
32	临江仙·瘦西湖	35	"领军三期"同学游朱家角镇

1

36	忆江南（一）	46	蝶恋花（二）
37	忆江南（二）	47	临江仙
38	忆江南（三）	48	浣溪沙
39	忆江南（四）	49	沁园春
40	忆江南（五）	50	浪淘沙·刘公岛
41	忆江南（六）	51	临江仙·海岛偶遇
42	长相思·和伟忠君	52	西江月
43	沁园春·财税挥戈	53	蝶恋花
	——献给财税路上坚忍的行者	54	别　离
44	画堂春	55	短歌行
45	蝶恋花（一）		

第三篇　穷游四海以畅怀

58	茶山竹海	68	南极艾秋岛感怀
59	夜宿平谷	69	南极冰河遇雪
60	桃园赏花	70	南极感怀
61	题金海湖西溪	71	古崖居即景（一）
62	闲亭随笔	72	古崖居即景（二）
63	颐和园靓影	73	古崖居即景（三）
64	昆明湖畔独步	74	紫鹊界即景
65	秋河夕照	75	古桃花源即景
66	塞外斜阳	76	滚蛋谷感怀
67	南极海上航行感怀	77	观两岸石前题句

78	望归亭感怀（一）	93	雨后秋塘
79	望归亭感怀（二）	94	西江月·本溪水洞
80	上海外滩即景	95	盈滨西岸观海
81	朱家角镇随笔	96	贵阳听雨
82	大漠感怀	97	题西郊龙泉宾馆
83	大漠萦怀	98	桃花园
84	大漠壮怀	99	咏林芝
85	大漠悲怀	100	俯瞰神州
86	月光村闲居（一）	101	长相思·荷花山庄
87	月光村闲居（二）	102	蝶恋花·朱家角古镇
88	题渠江源瀑布	103	西江月·游本溪水洞
89	朱家角镇夜景	104	天净沙·渠江源
90	草原日出	105	长相思·渠江源
91	天净沙	106	大漠有感（一）
92	荷花山庄题句	107	大漠有感（二）

第四篇　感时咏物以骋怀

110	渔歌子·咏荷	116	渔父·咏梅
111	渔父·咏桃花	117	春　叹
112	渔父·咏牡丹	118	早春清晨有感（一）
113	渔父·咏海棠	119	早春清晨有感（二）
114	渔父·咏菊	120	画堂春·满园春色
115	渔父·咏兰	121	暑日感怀

122	浣溪沙·秋韵	138	春日高球
123	故宫瑞雪	139	春日感怀
124	回　乡	140	山间小憩
125	晨　景	141	秋日赏石
126	咏　荷	142	秋　韵（一）
127	羡　荷	143	秋　韵（二）
128	咏海棠（一）	144	咏　秋
129	咏海棠（二）	145	秋　声
130	咏百合（一）	146	雪　后
131	咏百合（二）	147	雪中漫步
132	咏　兰	148	无　题（三）
133	咏牡丹	149	无　题（四）
134	咏　菊	150	无　题（五）
135	咏奇石	151	无　题（六）
136	晚秋瑞雪	152	秋　叹（一）
137	京城晨雪	153	秋　叹（二）

第五篇　寄语佳节以抒怀

156	元旦席间即兴	161	清明重庆会友
157	元旦即兴	162	端　午
158	寒食遇雪	163	秋
159	清明偶记	164	中秋远思（一）
160	清　明	165	中秋远思（二）

166	中秋远思（三）	171	重阳咏怀
167	中秋远思（四）	172	鹧鸪天·七夕
168	中秋远思（五）	173	秋　至
169	中秋远思（六）	174	中秋·远思
170	中秋远思（七）	175	中秋思绪

第六篇　相思相忆以萦怀

178	西江月·独愁	190	思　乡
179	西江月·祈盼	191	知　音
180	西江月·琴瑟	192	秋　思
181	钗头凤	193	伤　秋
182	减字木兰花（一）	194	叹离燕
183	减字木兰花（二）	195	盼回音
184	长相思（一）	196	中秋明月
185	长相思（二）	197	浪淘沙·思乡
186	长相思（三）	198	蝶恋花·立冬
187	喜迁莺	199	减字木兰花（三）
188	归　途	200	无　题（七）
189	天净沙·夜半竹影	201	琼州送别

202 跋

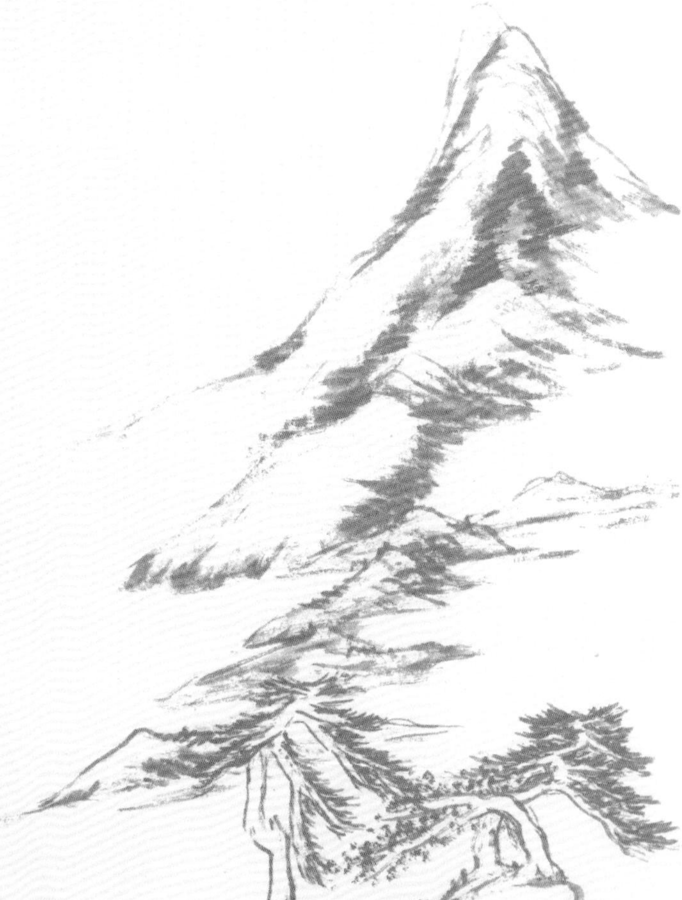

第一篇

自嘲自娱以开怀

天净沙·自嘲

戴 琼

流俗市井坛经。
巴歌笛韵诗情。
朗月清风鹤影。
遣闲随性。
问何俗雅喧泠。

秋日闲坐

戴 琼

薄暮苍山衔远翠，
松风月影洗庭栏。
但听流水叮咚意，
何惧幽林响鸣蝉。

心　趣（一）

戴　琼

忙时苦旅逸时茶，
满树春风迎夏花。
顾影塘前梳软柳，
还行塞外赏芳华。

心　趣（二）

戴　琼

庭院疏风理夏花，
浅读闲书漫煎茶。
恢恢心事无凭寄，
寥落晴空问月牙。

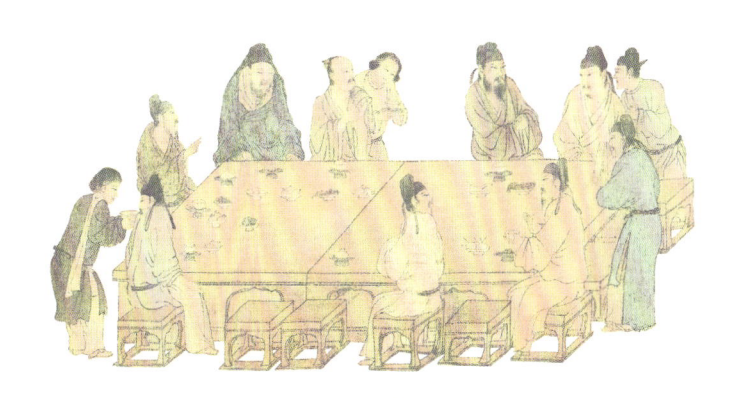

无 题（一）

戴 琼

桃李满园春意闹，
残红一缕自芳华。
搜肠刮肚应不语，
狗尾续貂且任他。

无题（二）

戴琼

身似清晨露，
心如湛寂湖。
临风听碎雨，
何处问归途。

秋日品茗（一）

戴 琼

一生荣辱一轮月，
半世沉浮半盏茶。
漫煮山泉听心语，
闲看庭前籔落花。

秋日品茗(二)[注]

戴 琼

寒蝉声渐远,
月霁已初微。
煮茗浓荫里,
眉欢不思归。

[注] 2016年10月26日闲暇,晚上有几位朋友分别从廊坊、昌平赶来一起去野外烧烤并品茗,题五绝以记。

春日赏花 [注]

戴　琼

赏花堪比恋花痴，
痴怨缘何细雨时。
时至随心齐顺意，
意犹衔露叹芳迟。

[注] 2017年4月9日，应好友、《郡县治、天下安》摄制组执行主任杨兴全之邀，去钓鱼台国宾馆参加开机仪式。恰逢钓鱼台国宾馆院内鲜花盛开，各种奇花异草争奇斗艳，一派繁盛景象。赏花之时，适逢院内细雨如丝，花叶上雨滴如露，题七绝以记。

中 年（偶得）[注]

戴 琼

纵目妖娆千万朵，
赏心莫过两三枝。
流年似水相逼紧，
最喜膝儿笑闹时。

[注] 2017年6月17日，同学生日小聚，看大个的孩子们嬉闹，不禁感慨自己人到中年，题七绝以自娱。

自　嘲（一）

戴　琼

愿偕五柳寻清趣,
拂袖南山采浅菊。
懒问春秋桑梓事,
闲掬碧水戏浮鱼。

自　嘲（二）

戴　琼

半生虚度半生求，
无事频来问禅修。
清净平和循本道，
斜风瘦柳送寒秋。

自 嘲(三)
——读老树画作有感

戴 琼

半生潦倒半生闲,
且为痴人且为仙。
画外弦音权做酒,
一樽无奈酹江天。

自　嘲（四）[注]

戴　琼

伤愁缕缕付云烟，
尽负虚名半世闲。
禅韵香茗随性赴，
苦中作乐已为仙。

［注］2017年3月20日，应好友、《郡县治、天下安》摄制组执行主任杨兴全之邀，我去钓鱼台国宾馆参加开机仪式。感喟自己虽身为专业人士，也曾为梦想夜以继日地工作，但终究是蹉跎岁月，不成大器，题七绝以记。

自　嘲（五）[注]

戴　琼

懒散频来无事事，
咬文嚼字酸叽叽。
但博吾辈同一笑，
闲趣天真滑且稽。

[注] 2017年6月10日，在微信同学群里发打油诗，同学问我哪来那么多闲工夫，于是打趣自嘲。

自　嘲（六）[注]

戴　琼

软椅轻鼾着晓梦，
辽原碧野的卢驰。
醒来依旧航程滞，
歪嘴垂涎袖角湿。

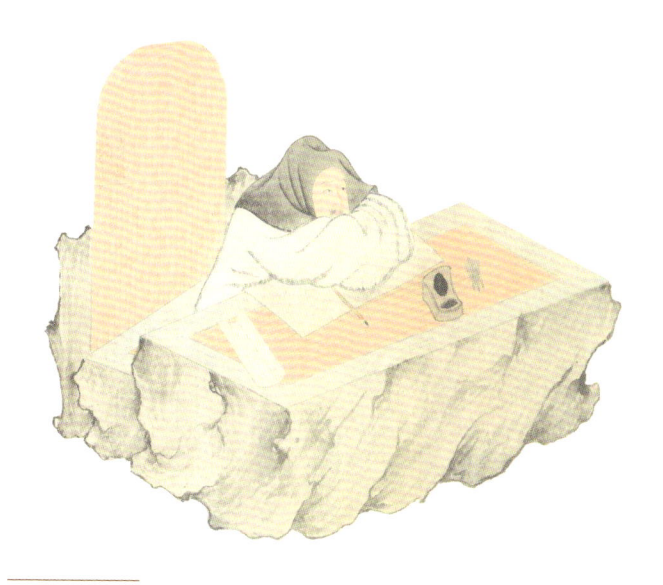

[注] 2017年7月5日，应北京注册会计师协会领导要求，我凌晨4点起床，拟乘国航班机去内蒙古海拉尔参加京、冀、蒙三地注册会计师协会联合举办的中小会计师事务所主任会计师培训班。因北京下雷阵雨，导致航班延误，在机场闲坐等候。懒坐椅上打盹，醒后题七绝发微信同学群以自嘲。

自　嘲（七）[注]

戴　琼

惊鹊三更起，
航程滞时迟。
百无一聊赖，
懒坐赋闲诗。

[注] 2017年7月5日，应北京注册会计师协会领导要求，我凌晨4点起床，拟乘国航班机去内蒙古海拉尔参加京、冀、蒙三地注册会计师协会联合举办的中小会计师事务所主任会计师培训班。因北京下雷阵雨，导致航班延误，在机场闲坐等候，题五绝以记。

自 嘲（八）[注]

戴 琼

看花临水心无事，
雅趣闲情意自如。
和仲有鱼黎嗜酒，
晚生怊怅复何图。

［注］ 2017年7月27日，"领军班"同学张国锋在微信同学群里跟我戏谑，调侃我若生在唐宋，也可以像韩愈和苏东坡一样弄诗玩词，故回文打趣。

自　嘲（九）[注]

戴　琼

本是林中一散闲，
浮生聊寄税财间。
东篱竹影非留我，
信手涂鸦与鹤言。

[注] 2017年7月27日，"第二期领军班"班长姜巍同学调侃我，说我是古人穿越而来，故作七绝以谑。

自　嘲（十）

戴　琼

浪迹财经琐事逢，
独期陇亩话桑耕。
晴川何处栽杨柳，
一圃青茶就半生。

自　嘲（十一）

戴　琼

不寻花草不寻仙，
一盏清茶赋闲篇。
易逝韶华颜易老，
还将余力种心田。

自　嘲（十二）

戴　琼

诗为知己棋为友，
书是真容艺是妆。
棋艺精深唯戏客，
诗书雅致纸留香。

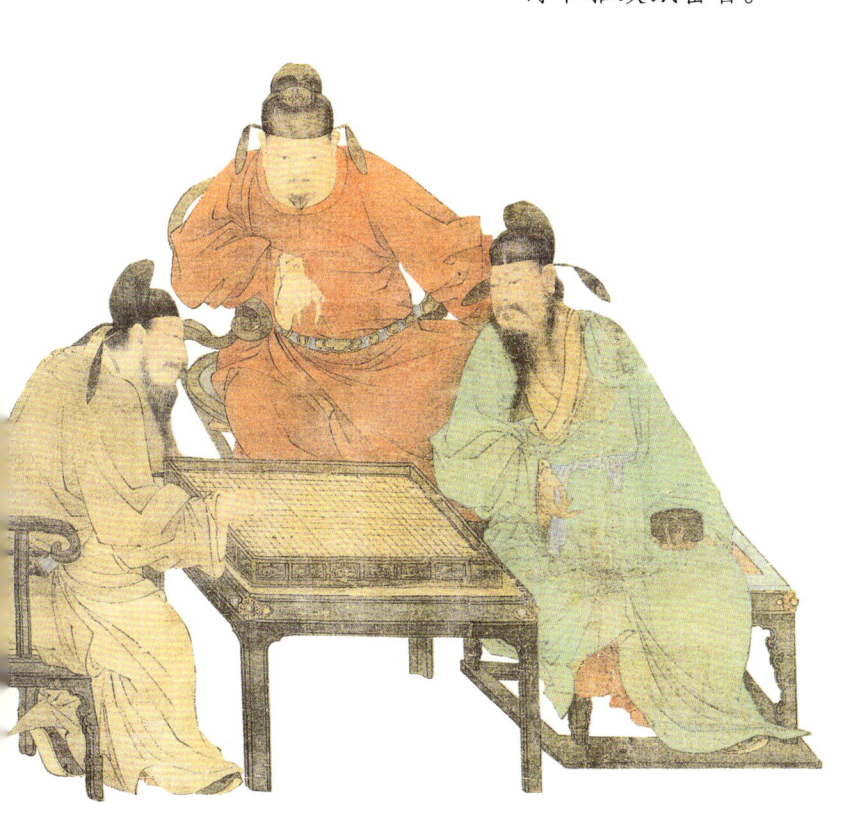

自 嘲（十三）

戴 琼

钟情财税走天涯，
心无旁骛洗铅华。
落尽繁华终不悔，
闲情散逸漫寻茶。

自　嘲（十四）[注]

戴　琼

且弃浮生无果事，
还将懒意就闲亭。
洺鲜漫品听春雨，
煮酒残阳赏鹤鸣。

[注] 在洺鲜茶生产基地——湖南月光茶业科技发展有限公司品茶室，我与朋友品"月光红茶"时即兴而作。

自　嘲（十五）[注]

戴　琼

人入菱花镜，
幽情已万年。
儿时贪月色，
老将喜清莲。

[注] 我在渠江源世外山居酒店旅居。清晨早起，窥镜自视，感怀"岁月不居，时节如流"，题记以自嘲。

夜 读 [注]

戴 琼

轻飏瑞雪舞云峦,
细挑残灯闻夜阑。
半卷好书成净土,
闭门何处不深山。

[注] 我在北京大学西门蜗居,深夜读《定位》一书有感。

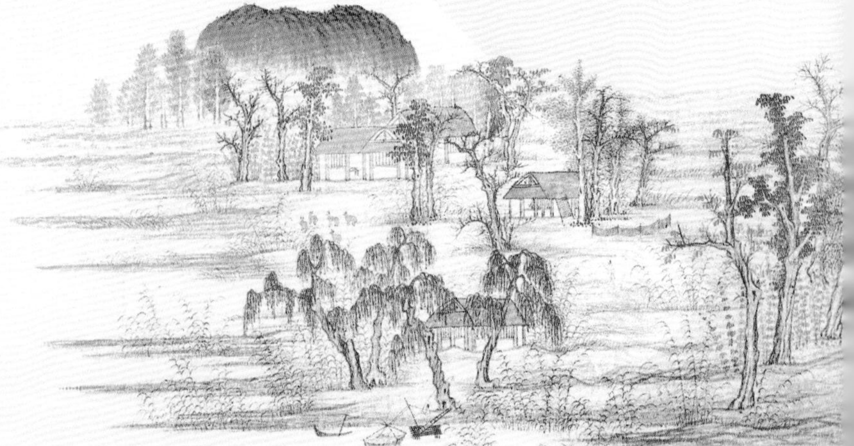

第二篇

同侪相济以壮怀

沁园春·同学 [注]

戴 琼

国会沉思,浸大神凝,喜度华年。恰青春豪气,纵谈今古,魂追皓月,拍断朱栏。酒似河倾,剑如星散,狂啸风云势正酣。东风起,看雄鹰展翅,叱咤云天。

西山红叶清泉,赏秋韵,莽山正酽然。丽水红霞晚,潍柴访问,寿光同赴,白浪河边。胜景无穷,神痴魄醉,万里江天共竞船。别离紧,我同窗情重,能不留连。

[注] 在北京国家会计学院与香港浸会大学联合举办的"香港浸会大学应用会计与金融理学硕士暨北京国家会计学院总会计师上岗培训班"毕业前夕,我感怀同学情谊,故纂词以记。

悟 [注]

戴 琼

回首无人到晓天，
望中春尽水悠然。
初晴柳岸寻归燕，
心似花前醉蝶眠。

［注］你虽执念，它已天边；伤春悲秋，碧水依然；思寻归燕，惟柳翩跹；蝶为花醉，花随风旋；回望初心，无语泰然。偶读闲书，似有所悟，更兼感怀，是以题记。

临江仙·瘦西湖 [注]

戴 琼

十里长堤垂舞柳,
虹桥波静澄明。
桃花坞里享蝉鸣。
相携来探月,
独坐捻江声。
远眺吹台无故影,
五亭桥上谁萦?
痴心难解意难平。
形骸唯放浪,
山水戏余生!

[注] 我在扬州的国家税务总局党校参加培训。第一天傍晚,我和几位同学畅游瘦西湖。是日,碧空如洗,暖风和煦;十里长堤,垂柳依依,鸣蝉阵阵,雁齿虹桥,荷花掩映;吹台肃立,水光潋滟。桃花坞里芍药依依,五亭桥上香风缕缕;二十四桥独具匠心,禅心白塔婷婷玉立。瘦西湖蕴山水之灵秀,夺天地之造化。慕古圣先贤寄情山水、精神与天地独往来。是以题记。

临江仙·东关古渡[注]

戴琼

古戍残堞存热血,
六朝鸥梦寒愁。
沉箱折柳遣琉球。
群英罗霄汉,
关渡昐千秋。
夜落江潮斜月里,
烟波扶影东流。
兴衰思绪绕眉眸。
同为沧浪客,
倚剑任悠游。

[注] 我在扬州的国家税务总局党校参加培训。第二天晚上,我与同学游东关古渡。堤岸上的亭台楼阁栉比鳞次,苍松翠柳古韵盎然。古运河上碧波荡漾,桨声欸乃。仲夏的江南美不胜收。扬州作为历史名城,成为鸿儒巨贾的聚集之地。东关古渡历经沧桑,见证了扬州城的兴衰荣辱。恰逢七夕,念天地之悠悠,感尘事之幻化。是以感怀并题记。

鹧鸪天·念"领军三期"同学

戴 琼

注协国会创新风。
三期学子喜相迎。
清风朗月庭栏醉,
曲赋诗词逸趣浓。
离别后,
盼相逢。
孤舟漫渡洒浮萍。
欢声渐至君同笑,
倩影溪边与雅亭。

"领军三期"同学游朱家角镇

戴 琼

三期学子意何求,
古镇逍遥乐不休。
鸥鹭黄鹂留百啭,
松风月影伴渔舟。
桥头写意留斜影,
碧水偕时兀自流。
问水游山寻雅趣,
文章道义谱千秋。

忆江南（一）[注]

戴 琼

春来早，
新燕戏春泥。
芦笋轻摇蒿满地，
蜂飞蝶舞惹芳堤。
随兴解长笛。

[注] 我阅读博主冰冰《忆江南》六首，激赏之余，也随兴以和。

忆江南（二）

戴 琼

江南好，
灯影荡微澜。
处处香江晖皓月，
依依垂柳响鸣蝉。
凝目送千帆。

忆江南(三)

戴 琼

清秋洗,
鸿雁遣残阳。
鹤带相思归故里,
菊醅佳酿解愁肠。
心绪任飞扬。

忆江南（四）

戴 琼

庭轩冷，
飞雪舞群峦。
掬海为瓯权纵酒，
磨山当砚续残篇。
何似在人间。

忆江南（五）

戴 琼

风凄冷，
沉静是清灯。
透彻了朦胧苦雨，
不期然普度苍生。
循大道天成。

忆江南（六）

戴 琼

心造境，
无我自胸襟。
春夏秋冬循法度，
嘘寒谈笑胜棋琴。
何意苦春心。

长相思·和伟忠君[注]

戴 琼

陌染霜。鹤渡塘。
寒雨芭蕉叹夜长。
幽人独倚窗。
诗疏荒。词迷茫。
频看浓霾笼艳阳。
同为君寄殇。

[注] 2016年12月4日，北京被重霾笼罩，只能蜗居在家。一早，刘伟忠君在微信群里明志："一座山头，二处泉眼，三分菜地，四库全书，五谷杂粮，六根清净，七情不动，八面空灵。归去，也无风雨也无晴。"我亦早有"归去"之意，于是附和道："月影松风含道趣，花香鸟语透禅机。莫问心乡何处是，荷锄犁日闲暇时。"伟忠兄随即回复道："万里归来颜愈少，微笑，笑时犹带岭梅香。试问岭南应不好，却道，此心安处是吾乡。"可京城内外，雾霾重重，不见艳阳，此等居地，真是吾乡？故以该词回赠，是为记。

沁园春·财税挥戈 [注]

——献给财税路上坚忍的行者

戴 琼

财务精深,税理维艰,思绪忘归。叹经年追梦,风清读月,夜阑听雨,寒暑相陪。腹藏良谋,襟怀寰宇,誓欲乘风振翅飞。执财税,洒青春热血,孺子心扉。

持鞭纵点横挥,舒两袖,疑难化雨飞。幸注评协会,筹谋精彩,同窗煮酒,共话青梅。紫玉氤氲,山庄不老,笑醉人生能几回。今何憾,论求实精进,舍我其谁。

[注] 2016年12月23日,北京注册会计师协会、北京注册评估师协会与北京国家会计学院联合举办的"中小执业机构领军三期班元旦联欢晚会"在紫玉山庄隆重举行,填词以感怀。

画堂春 [注]

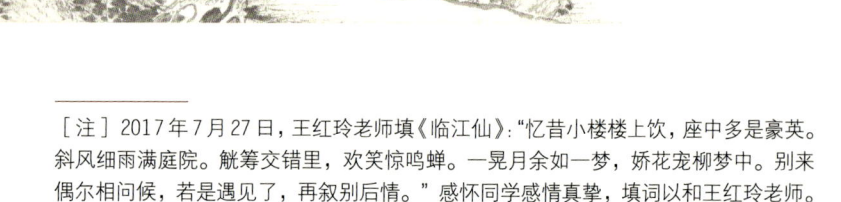

戴 琼

一池春水易秋风。
奈何雨过波腾。
舸来舟往舞渔灯。
浅坐莲蓬。
皓月清辉遍地,
惊波荡漾清澄。
琼楼独上探云空。
寥渺蝉声。

[注] 2017年7月27日,王红玲老师填《临江仙》:"忆昔小楼楼上饮,座中多是豪英。斜风细雨满庭院。觥筹交错里,欢笑惊鸣蝉。一晃月余如一梦,娇花宠柳梦中。别来偶尔相问候,若是遇见了,再叙别后情。"感怀同学感情真挚,填词以和王红玲老师。

蝶恋花（一）[注]

戴 琼

且置案牍三月后。
上会清音，
书卷香依旧。
似念佳人思夜久。
可怜形色枯蒿瘦。
黄浦清风梳弱柳。
古镇闲游，
还煮青梅酒。
莲坐涤心香满袖。
同窗高义凌霄九。

[注] 2017年6月2日至6日，我与"领军三期"同学在上海国家会计学院游学，因久违学校生活，感怀校园书卷香浓；后又与同学散步黄浦江堤，畅游朱家角镇，故填词以记。

蝶恋花（二）[注]

戴 琼

丝雨纤纤风细细。
艺馆楼台，
无语延天际。
鹤影松风薄暮里，
蓬蒿水浅浮鱼戏。
且把痴情赠瘦柳。
何问清愁，
宿叶留残露。
莫道斜阳天复掩，
平林新月舒云袖。

［注］ 北京注册会计师协会"第四期专家班"的同学在刘宇老师的指导下，很快地掌握了手机摄影技巧，大家拍出了取景、构图、光线都非常好的照片。那天我正好要去河北省注册会计师协会讲课，没有跟老师学习摄影技巧，并且当天下着小雨，有所感伤，故填词以记。

临江仙

戴 琼

迎春初绽斜阳懒,
远山碧水清音。
翠竹闲倚柳盈茵,
惹来莺燕剪轻荫。
我欲晴空嗟浪语,
奈何难启心门。
浮云待挽洗蹄尘,
越王台榭露华沉。

浣溪沙 [注]

戴 琼

莫道十年岁月酬,
云鬓霜染叹秋阑,
携来雅秀景曾谙。
不负韶华春熠熠,
惟存忠耿志拳拳,
一杯浊酒话当年。

[注] 香港浸会大学北京同学会暨应用会计与金融理学硕士班二期同学毕业十周年聚会在北京唐拉雅秀大酒店隆重举行。感怀同学情谊,应班长武赠祥之邀,特填词以助兴。此其一。

沁园春 [注]

戴 琼

浸会相邀,雅秀情浓,且把酒酌。渐华灯璀璨,香风缕缕,云山缀锦,霞彩灼灼。岁月如流,初心不改,且尽金盅笑酒浊。千杯罢,问征途渺渺,往事如昨。

当年拍遍朱栏,问居士,何来万步踱。览奇章千字,雄文万句,襟怀壮志,岂惧蹉跎!顺势而为,行藏在我,坐看闲云问巧拙。今何叹,纵豪英天下,几许家国!

[注] 香港浸会大学北京同学会暨应用会计与金融理学硕士班二期同学毕业十周年聚会在唐拉雅秀大酒店如期举行。感怀同学情谊,应班长武赠祥之邀,特填词以助兴。此其二。

浪淘沙·刘公岛 [注]

戴 琼

远眺任凭栏，
冷雨侵寒。
沉沙折戟战魂冤。
甲午硝烟掀血浪，
盟辱马关。
睹故物何堪，
前耻深谙。
同仇敌忾志弥坚。
发奋图强齐企盼，
国泰民安！

[注] 北京注册会计师协会、北京资产评估协会"第四期专家班"第三次集训在威海蓝天宾馆举行，那天恰逢台风"玲玲"过境威海，渤海湾风雨交加，海浪汹涌。我独倚窗前，放眼远眺，刘公岛在风雨中显得挺拔苍凉。是为记。

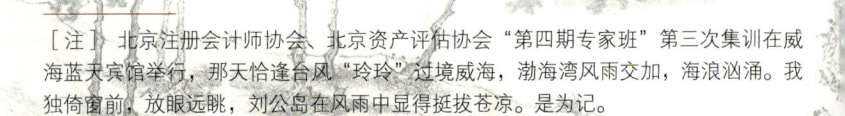

临江仙·海岛偶遇 [注]

戴 琼

清风徐来涤绿草,
斜阳海岛椰林。
怡然笑靥也眉颦。
观琼花照水,
守幻化星辰。
莫道欣逢难预料,
惯看孤鹤闲云。
相思不意掩残痕。
兰心须尽意,
我亦是痴人!

[注] 我在海南与老友偶遇,特填词以记。

西江月

戴　琼

朗月寒星寥落,
秋风惊鹊难眠。
当年并辔骋江南。
今日独凭东岸。
莫恨佳期断续,
也擎杯酒言欢。
雁回不必叹秋阑。
且待棠红菊灿。

蝶恋花

戴 琼

碧海长堤闲信步。
远黛含烟,
云绻清秋暮。
倚海琼楼邀鹤住。
渔舟点点愁如故。
火树银花香暗渡。
残月千秋,
遥寄盈盈语。
满腹相思如柳絮。
清风带我之何处?

别 离 [注]

戴 琼

竹篱帘下花相似,
菊染轻霜别样红。
萧瑟浅寒频折柳,
持鞭纵马与君同。

[注] 2017年10月,北京注册会计师协会与北京国家会计学院联合举办的"中小执业机构领军人才第三期学习班"举行毕业典礼,题七绝以记。

短歌行[注]

戴 琼

京畿之内,黄埔之阳。金沟河畔,鼓浪屿旁。
协会会院,谱写华章。三期领军,扬帆启航!
教泽悠远,桃李芬芳。莘莘学子,争享荣光。
不惧山高,无畏水长。恭学贤哲,频来攘往。

寒来暑往,师恩难忘。浩然师风,引我翱翔。
谆谆教诲,萦绕耳旁。领导清风,启我心房。
老骥伏枥,志在四方。晨习诗书,晚研墨香。
春看桃红,秋赏菊黄。风发意气,神采飞扬。

战略沙龙,为我领航。财税沙龙,解我迷茫。
户外沙龙,健我臂膀。文艺沙龙,曼妙霓裳。
香山之巅,未名湖旁。会议研讨,各展锋芒。
唇枪舌剑,思想乖张。挥洒智慧,互补短长。

朱家角镇,大生纺厂。南通博物,普陀佛香。
忘归亭上,鼓浪沧桑。四海同游,淋漓酣畅。
时光荏苒,离绪寒茫。同学情谊,地久天长。
鲲鹏独运,各负行囊。摒弃巾短,奋进激昂。

四个意识,凝聚力量。四个自信,挺我脊梁。
工匠精神,指明方向。中小机构,精进自强!
温柔玫瑰,铿锵绽放。铁血男儿,铸就辉煌。
浩浩春秋,黄钟荡漾。天高海阔,我自徜徉!

[注] 2017年10月,北京注册会计师协会与北京国家会计学院联合举办的"中小执业机构领军人才第三期学习班"举行了毕业典礼,我感恩老师,感念同学。是为记。

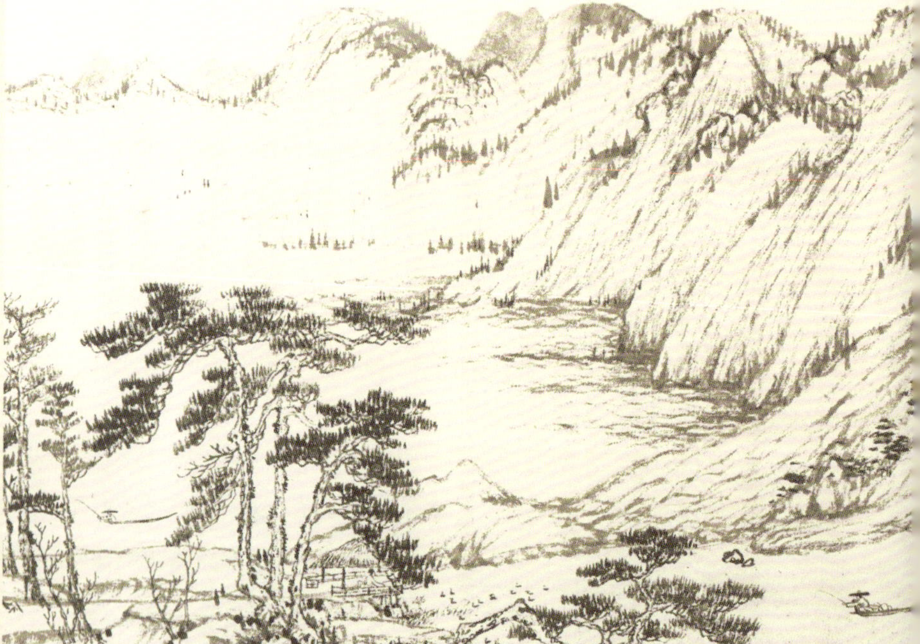

第三篇

穷游四海以畅怀

茶山竹海

戴　琼

绿荫古道浸秋寒，
翠竹娉婷数万杆。
玉叶风拂如赏雨，
繁枝月掠似含烟。
仰观天际霞光浅，
俯偃禅钟古韵阗。
邀赴清风茶山去，
逡巡雅欲自陶然。

夜宿平谷

戴 琼

庭外碧桃含怒放,
漫山红杏怯羞开。
莺啼山客醉难醒,
新燕庭前掠影徊。

桃园赏花

戴 琼

轻燕低徊柳翠扬,
娇莺啼转草鹅黄。
金湖碧海寻春色,
扑面桃花问暖阳。

题金海湖西溪

戴　琼

水清堪洗砚，
园曜数重花。
曲径寻芳影，
明轩赏月华。

闲亭随笔

戴 琼

云亭耸立待多时,
拥簇幽篁泛翠枝。
一抹闲暇寻远迹,
任情随意亦风姿。

颐和园靓影

戴 琼

雕梁画栋走飞檐,
玉面花容互娇妍。
烈日骄阳寻浅帽,
笑掬凉逸洗欢颜。

昆明湖畔独步

戴 琼

昆明湖畔寻春晚,
薄暮随江舞画船。
极目水天浑一色,
矮栏凭坐计新篇。

秋河夕照

戴 琼

残阳似血漫江红,
瑟瑟芦蒿冷朔风。
车水马龙今不再,
烟荒草蔓客舟横。

塞外斜阳 [注]

戴 琼

斜阳舒杳远,
野马恐归迟。
绝塞芳踪渺,
心同寂昧词。

[注] 我于"十一"国庆节去内蒙古坝上草原,那里人烟稀少,野草凋零。拍下夕阳残照,不免有苍凉之感,遂记之。

南极海上航行感怀

戴 琼

薄暮残阳浣晚霞,
连绵沧浪侍冰崖。
黑鲸剪水慵闲过,
海豹轻鼾玉宇家。
桅下涛声权作酒,
企鹅软语且为茶。
千秋伟业云泽梦,
万里银川入画匣。

南极艾秋岛感怀

戴 琼

夏日余晖映碧洋,
清风和煦抚粼光。
企鹅嬉戏黑鲸跃,
鸥鸟翔集海豹徉。
鬼斧冰崖舒玉袖,
婀娜玉女盼情郎。
如诗胜画群贤醉,
且把瑶池夜宴尝。

南极冰河遇雪

戴 琼

盛夏冰河瑞雪扬,
群峰迤逦俏姿藏。
凭栏远眺寻山色,
无限遐思付渺茫。

南极感怀

戴 琼

绝境无言蕴大千，
京畿极地数重天。
劈波斩浪三千里，
饱览奇观亿万年。

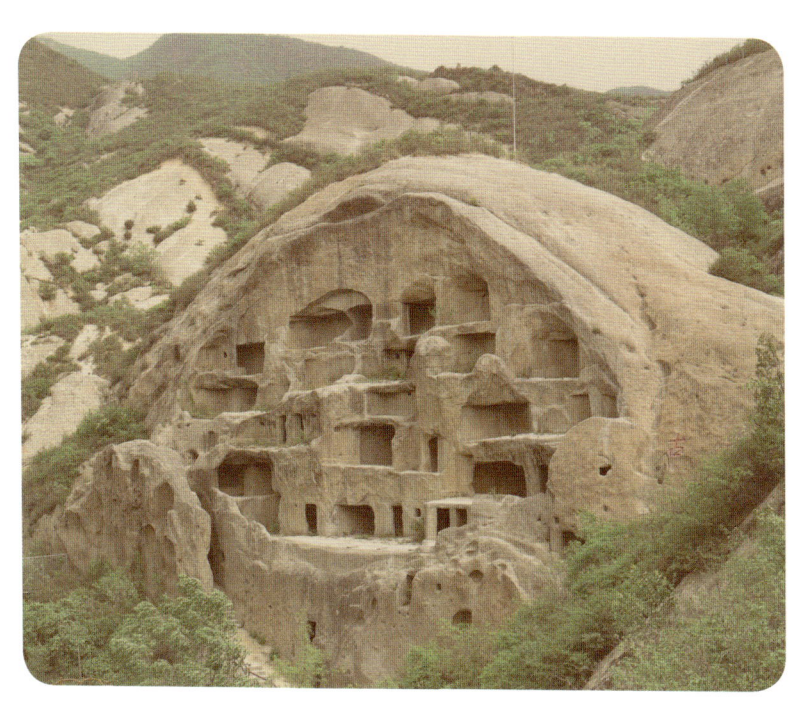

古崖居即景（一）

戴 琼

奚人驾鹤已西归，
杳眇石窟洒落晖。
何问千秋功与罪，
半随清誉半成灰。

古崖居即景（二）

戴 琼

昔时王榭今残苑，
玉宇堕然卷落尘。
白骨青松难写意，
浮荣惠誉岂足珍。

古崖居即景（三）

戴 琼

北战南征乱世间，
凿居累累断崖巅。
苍山郁郁藏忠骨，
倩影依依作远烟。

紫鹊界即景

戴 琼

秦田郁郁染秋黄,
窈窕风姿沐暖阳。
缕缕轻飔追皓月,
庭栏斜倚叹沧桑。

古桃花源即景

戴 琼

云蒸霞蔚莽山间,
喜看桑田幻大千。
指点江山扬霸气,
了无心际问桃源。

滚蛋谷感怀

戴 琼

滚蛋谷底滚蛋多,
立无足兮若奈何。
聚沙成塔千秋堡,
傲雪迎霜映长河。

观两岸石前题句

戴 琼

山观两岸共春秋,
一样瓜蔬一样愁。
待到江山成一统,
霞天碧海宴九州。

望归亭感怀（一）

戴 琼

望归亭下纤凝厚，
绝壁无声问皓穹。
此去经年应不悔，
壮怀激烈是宜弘。

望归亭感怀(二)

戴 琼

望归亭上雨茫茫,
无语相嘻盼暖阳。
宫阙重门依次启,
归人何处是吾郎。

上海外滩即景

戴 琼

云霞呈异彩,
远水释清澄。
细浪皴春韵,
重楼问碧空。
岭吞残日暮,
江畔断云棱。
满眼存青翠,
一桥架彩虹。

朱家角镇随笔

戴 琼

树影婆娑云掩檐，
平江磨镜映娇颜。
清辉皎皎轻如梦，
夜笛幽幽袅若烟。

大漠感怀 [注]

戴 琼

半滴清泪凝寒雨，
点点轻毡盼夜阑。
千里暮云多艳景，
一行驼影胜千帆。

[注] 苏桂红老师将在宁夏培训期间拍摄的大漠照片放入微信同学群中，同学们纷纷赋诗填词，热闹非凡，我即兴作诗四首。

大漠萦怀

戴 琼

寥远平沙黄入天,
清湖半盏恨相连。
夜阑花落孤城远,
何处青衣洗素颜。

大漠壮怀

戴 琼

碧水流云难写意,
无垠大漠洗铅华。
苍茫旷野何凭寄,
独倚驼峰骋天涯。

大漠悲怀

戴 琼

大漠悲风劲,
朔气舞云岚。
壮士歃血饮,
忠魂踏月还。

月光村闲居（一）[注]

戴 琼

清风梳柳群峦醉，
半掩祥云始欲归。
一缕香茗闻浅翠，
楼栏独倚赏蝶飞。

[注] 2017年5月19日至27日，我历时9天在新化渠江源做鲜茶实验。我所居住的月光村，山中清风习习，早晚都有云雾缭绕，宛如仙境。5月23日，我因闲暇无事，手捧香茗，独倚楼栏，闻翠香缕缕；看彩蝶翩跹，凡尘世纷争，悉归云外。颇有"采菊东篱下，悠然见南山"的闲适。

月光村闲居(二)

戴 琼

柴门鸡子闻犬吠,
寒涧幽林响鸣蝉。
醉览群山酣莫醒,
何寻纷扰恼忧烦。

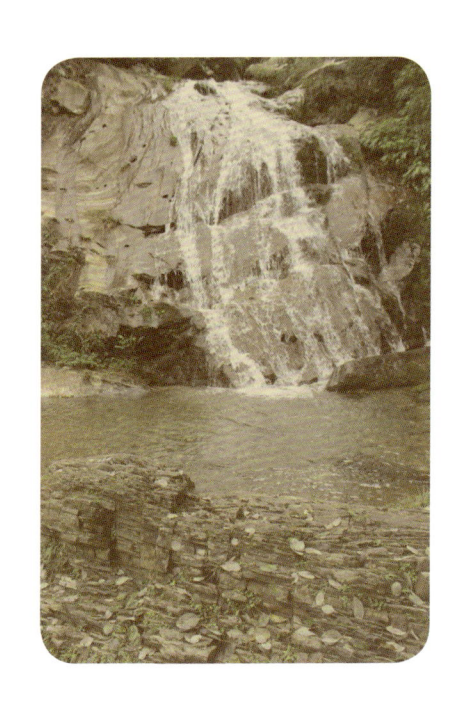

题渠江源瀑布[注]

戴 琼

一瀑飞帘下，
疏风细雨斜。
且询清素女，
牛郎是何家。

[注] 2017年5月23日，张国锋老师看到我在微信领军人才同学群中发的月光村闲居照片及小诗，遂发渠江源宣传图片给我。在图片中，渠江源江水飞泻而下，形成美丽飞瀑；六位身材曼妙的乡村少女，或立或坐于瀑布下的水潭旁，感其景，题五绝以记。

朱家角镇夜景[注]

戴 琼

水镇悠游寻雅趣,
琼楼侧倚恋渔歌。
华灯辉映江中月,
敢问人生怅几何?

[注] 2017年6月4日,我与"领军三期"同学夜游朱家角古镇。江南水乡,徽派建筑,鳞次栉比;河流清澈,水声潺潺;清风拂面,沁人心脾;灯火辉映,月光皎皎;江南雅韵,美不胜收。

草原日出[注]

戴 琼

嗳嗳凌晨鸟,
依依旷野烟。
霞光流璀璨,
彩晕醉苍山。
旭日衔青嶂,
晴空洗碧潭。
心驰绝塞外,
何处问楼兰。

[注] 2017年7月9日,我在呼伦贝尔参加培训后回京,观看微信领军人才同学群中的同学"平常的心"发送自己拍的日出录像。有感于草原日出的壮美,题五律以记。

天净沙 [注]

戴 琼

清泉猛火鲜茶,
浅尝嘘啜轻呷。
色淡香新韵华。
乳花飞洒,
引来烟笼云霞。

[注] 2017年8月1日,朋友特意发来手机短信,表达我寄给她的专利产品"鲜茶"的品尝感受。其评价是"叶子很漂亮,第一泡像新的春茶'白毫银针',第二泡有'安吉白茶'的口感。这种茶的茶氨酸含量应该很高,茶汤柔滑细腻、甘甜"。一看这些就知道她是个品茶的高手。

荷花山庄题句 [注]

戴 琼

疏风扶软柳,
寒翠掩孤芳。
玉宇承天露,
残笛醉浅塘。

[注] 2017年9月24日,我与同学游重庆荷花山庄。园中曲径回廊,雕梁画栋,秋风瑟瑟,杨柳婆娑;池中荷花已经开始凋谢,偶尔能看见一两朵盛开的荷花。随着夜幕降临,园中播放的笛曲袅袅入耳,时断时续。题五绝以记。

雨后秋塘[注]

戴 琼

鹤影寒塘舒远黛，
芦花挹雨送秋风。
鸣蝉帐外惊闲客，
朗月西窗抚荷蓬。

[注] 2017年9月24日晚，我与同学游重庆荷花山庄。雨后的芦花显得格外清丽脱俗，秋蝉嘶嘶鸣叫，时断时续。我们漫步池边，见一只惊鹤从路边荷叶下飞出，渐飞渐远；皓月当空，偶见池中荷叶与莲蓬相映成趣。题七绝以记。

西江月·本溪水洞[注]

戴 琼

日丽丹山水绕,
层峦叠嶂平湖。
盈掬碧水戏桑榆。
细数辽东风物。
雁去晴空碧透,
暗河流浅舟扶。
喜钟乳百态轻舒。
俯仰人间千古。

[注] 2017年10月7日,李瑶同学去本溪水洞,在微信朋友圈中发美图并填《西江月》一阕,感叹大自然的鬼斧神工,是以和。

盈滨西岸观海 [注]

戴 琼

永庆澄明暮鼓稠,
豪英叠浪付东流。
遥观碧海千帆尽,
又驭清风作远游。

[注] 我与杨永嵩参观海南澄迈永庆寺,在寺后的盈滨西海岸逗留至傍晚。我们听暮鼓声声,迎海风习习,看沧浪滔滔;蓝天如洗,碧海茫茫。但见海鸟扑腾,舟楫寥寥。感怀人生,是为记。

贵阳听雨 [注]

戴 琼

林城夜雨洗窗楹，
寥寂残灯灭又明。
杳渺竹声依旧梦，
芭蕉无语问长亭。

[注] 我担任中国远大集团公司贵阳分公司顾问，在贵阳出差时恰逢夜间暴雨，感怀并题记。

题西郊龙泉宾馆[注]

戴 琼

庭前竹瘦摇清影,
落日寒山数鸟飞。
陌上梅香空袅绵,
烹茶邀月待春归。

[注] 己亥大寒时节,我们公司在西郊龙泉宾馆召开年会。写景感怀,是为记。

桃花园

李 瑶

绿柳娇黄水中鱼,
旅燕芳草小河堤。
平湖幽谷行深处,
春风十里桃花泥。

咏林芝

李 瑶

层峦叠翠水云间,
雪掩神峰露半肩。
都说江南美如画,
怎比高原地连天。

俯瞰神州

李 瑶

晴空万里留残月,
碧海祥云九重天。
俯瞰河川嗟壮美,
层峦叠嶂秀奇峰。

长相思·荷花山庄

李 瑶

翘脚楼。
垂杨柳。
花上莲蓬莲下藕。
露珠照佳偶。
狐仙子。
凤尾目。
月下霓裳霓上舞。
人间有谁渡?

蝶恋花·朱家角古镇

李 瑶

灯火霓虹如彩霞。
长街三里,
店铺数千家。
八珍玉食比比是。
唯不见舞榭歌华。
弄堂深处隐繁花。
寻古探幽,
江南美如画。
放生桥下摇快船。
漕港河畔喝早茶。

西江月·游本溪水洞

李 瑶

苍山远景秋醉,
鸿雁展翅高飞。
霜叶红枫迎风展。
叠翠流金生辉。
碧空浮云低垂,
暗河涌动千回。
石岩钟乳各成趣。
亿载造化谁为?

天净沙·渠江源

李 瑶

密林幽谷深山。
雾笼青柏如烟。
九曲小径回环。
茶香冉冉。
隐现紫鹊梯田。

长相思·渠江源

李 瑶

渠江源。
茶溪谷。
远山含黛云似烟。
清泉煮浛鲜。
紫鹊田。
瑶人冲。
层层青阶盘金线。
横陈沟壑间。

大漠有感（一）

李 瑶

风吹苇叶水中沙，
落日余晖共晚霞。
鲢鱼悠悠银湖满，
砚席相伴笑黄花。

大漠有感(二)

李 瑶

黄沙漫漫月牙湾,
烽火佳人望长安。
大漠边关忠魂在,
冷月寒星照楼兰。

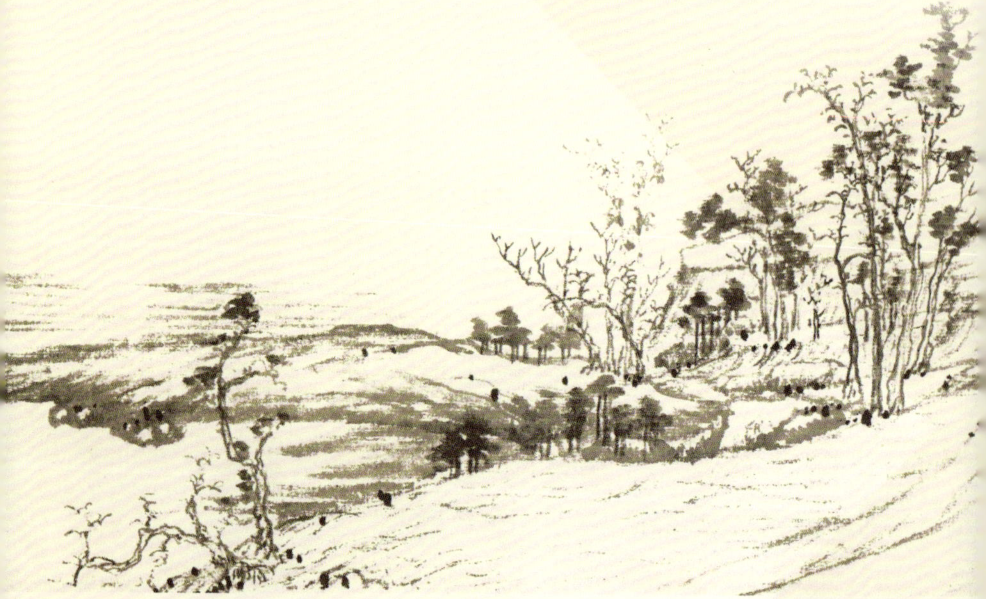

第四篇

感时咏物以骋怀

渔歌子·咏荷

李 瑶

一叶轻舟随波流。
绝代佳人立船头。
风来拂,
水如镜。
生为夏花复何求?

渔父·咏桃花

李 瑶

春风化雨扑面来。
满树桃花竞自开。
娇羞色,
舞人醉。
灼灼其华点纷飞。

渔父·咏牡丹

李 瑶

国色天香唯牡丹。
独占魁首无双艳。
黄金蕊,
彩霞颜。
花开富贵满华园。

渔父·咏海棠

李 瑶

婉转风前不自持。
垂丝海棠沁胭脂。
断肠花,
思乡草。
似锦繁华压千枝。

渔父·咏菊

李 瑶

五柳先生最爱伊。
南山脚下采东篱。
盼重阳,
登高地。
漫山遍野披霜衣。

渔父·咏兰

李 瑶

碧叶修长喜清凉。
一茎九花王者香。
幽谷兰,
花君子。
不为谁开自芬芳。

渔父·咏梅

李 瑶

红粉佳人雪中来。
跃然枝头独自开。
寒风冽,
月光白。
暗香浮动望春台。

春 叹

李 瑶

轻弹杏花雨,
沐浴杨柳风。
石阶层层绿,
莺飞暮色长。

早春清晨有感（一）

李 瑶

昼夜相交替，
日月各有期。
黑白不必辨，
动静总合宜。

早春清晨有感（二）

李 瑶

晴空暖日晨曦月，
春景宜人离旧阙。
冬藏寒枝生嫩蕊，
挥别故友赠玉玦。

画堂春·满园春色

李 瑶

一生一世一佳人。
怎能几处销魂?
花开花落葬花魂。
竟为谁春?
画船收杆归岸,
曲终不见人散。
桃叶扁舟可堪渡,
无语上楼。

暑日感怀

李 瑶

烈日炎炎余暑热,
夜深未眠启轩窗。
玄凤声声催早起,
轻展腰肢懒梳妆。

浣溪沙·秋韵

李 瑶

瑟瑟西风入门庭。
无边落叶似浮萍。
酒醉不知秋意浓。
残阳似血敬往事,
新月如钩锁画屏。
好一幅锦缎繁星。

故宫瑞雪

李 瑶

瑞雪临京城,
白发对红妆。
春堂融暖意,
飞檐倒影长。

回 乡

戴 琼

寂寞梧桐驰念久,
芭蕉寒雨夜尤长。
篱疏菊浅新醅酒,
一骑绝尘去故乡。

晨 景

戴 琼

廋石缱绻草初黄,
清水无波醉柳杨。
敢问断桥千古事?
花香蝶舞染曦阳。

咏 荷

戴 琼

晖映娇花朵朵芳,
微醺和煦抚粼光。
碧云一鹤惊轻梦,
水色无痕醉浅塘。
好事蜻蜓频点水,
含苞菡萏舞清香。
身闲气定包天宇,
冷眼红尘痴与狂。

羡 荷

戴 琼

合蓬子子连,
翠碧澹云天。
渺渺清波里,
痴痴带露眠。

咏海棠(一)

戴 琼

秋风秋月舞秋裳,
叠萼重跗是海棠。
唯恐夜寒冰影去,
幽独倜傥倚斜廊。

咏海棠（二）

戴　琼

疏篱菊浅洗残妆，
袅袅芳菲韵满廊。
浅盏幽独花解语，
袭来夜寂倚西窗。

咏百合（一）

戴 琼

挹露含情萱草色，
身姿盈尺越廊桥。
云裳半掩舒洁雅，
并萼芝芳雨更娇。

咏百合(二)

戴 琼

处处春歌蝶惹花,
低垂羞颈掩红颊。
纯情逸俊风摇曳,
仙境瑶台赏月华。

咏 兰

戴 琼

典雅幽贞是此花,
清柔恬淡掩芳华。
风摇繁蕊邀蝶赴,
不竞春花染锦裟。

咏牡丹

戴 琼

轻盈香雾裊如烟,
一缕奇葩倚日边。
独弄春潮骄艳色,
裁红簇蕊耀云帘。

咏 菊

戴 琼

秋凉瑟瑟凌荒草,
簇嫩圆花是此葩。
灿烂金裙舒绮丽,
风流不掩映云霞。

咏奇石

戴 琼

抱朴平真蕴大千,
巉岩突兀示华然。
千崖万壑琼花落,
粉黛银珠笼碧烟。

晚秋瑞雪

戴 琼

晨起开门雪正酣,
天昏云淡日光寒。
依依薄雾悲秋翠,
瑟瑟西风掠远山。
憔悴天涯徒寂冷,
清茶软椅解忧烦。
桑田沧海终多变,
不与稼轩抚栏杆。

京城晨雪

戴 琼

寥廓京畿凝朔气,
轻飏瑞雪掩晨曦。
横空络绎人迷醉,
影乱含晖车马迟。
但见琼楼珠树密,
未闻寒鸟戏鹅池。
归鸿声断残云碧,
游子窗前流远思。

春日高球

戴 琼

柳垂新翠草鹅黄,
幽谷莺啼袅雾藏。
且去凡尘寻谨静,
挥杆旷野沐残阳。

春日感怀

戴 琼

绿荫小径染芬芳,
幽闭闲门洗旧妆。
试问春风何处驻?
流莺剪柳戏云廊。

山间小憩

戴 琼

水清堪濯足,
林静好听蝉。
独守林荫里,
懒卧响轻鼾。

秋日赏石

戴 琼

锦饰金秋菊茂时，
寻幽揽胜悦奇石。
江山万古无凭吊，
厥状残痕苦忖思。

秋　韵（一）

戴　琼

飒爽金风驱暖意，
归鸿抖擞上征途。
湖光秋月裹秋景，
鹤舞晴空入画图。

秋　韵（二）

戴　琼

丛兰欲秀已金秋，
碧水瑶池戏翠鸥。
掠影惊鸿唯写意，
日内瓦湖寄离愁。

咏 秋

戴 琼

秋雨秋风蕴秋声,
秋霜秋水困秋虫。
秋露秋寒展秋韵,
秋思秋景灿秋穹。

秋　声

　　戴　琼

闲云浮袅渺，
秋韵恋菊花。
寒肃谁怜我？
朱华拢碧纱。

雪 后

戴 琼

轻飘霰雪光同冷,
静轧青松势欲斜。
旷野茫茫寻鸟迹,
乡音故里觅秦街。

雪中漫步

戴 琼

浩渺长空存万古，
一朝飞絮易清晨。
埋头书册几时了，
何不轻骑踏雪痕。

无 题（三）

戴 琼

归鸿残雪成双影，
斗转星移又是春。
不静凡心随远水，
晴空放眼送祥云。

无 题（四）

戴 琼

莫道世深沉，
青莲好洗尘。
月亭诗做客，
羡煞看花人。

无 题（五）[注]

戴 琼

香魂卅五韵寒茫，
遗赠明眸笑膏肓。
读尽余生独赏夜，
清明何处不文章。

［注］2017年3月2日晚，北京电视台播出《"80后"王越笑对死亡，与亲友生前告别》，讲述了王越35岁青春年华，因患绝症而医治无望，遂嘱托捐出角膜以惠及生者，并邀来亲朋好友，痛话生死离别。旁人无不掩面而泣，惟王越宁静平和，笑对生死。因感其情挚，题七绝以记之。

无 题（六）[注]

戴 琼

碧草人燕立，
斜阳瑞彩飞。
未闻霓裳曲，
展手试娥眉。
袅袅风拂柳，
依依月落梅。
遐思何处是，
菊浅雁初归。

[注] 2017年10月4日中秋夜，北京注册会计师协会张文丽副秘书长在"中小领军班"微信群里发了用吴刚替换嫦娥的搞笑图"嫦娥飞天图"，随后64岁的常静霞大姐将在公园草地上拍的身姿舒展的"嫦娥奔月"照片发在群里，以应"嫦娥飞天"。我深感大姐舞姿轻盈舒展，又恰逢中秋，题五律以记。

秋 叹（一）

戴 琼

薄雾袅笼遮望眼，
雁归蝉尽石阶清。
金樽何处相凭祭，
半缕流云送知音。

秋　叹（二）[注]

戴　琼

冀北秋寒夜雨长，
佳期未竟返程忙。
人攒挤簇寻归路，
错把他乡作故乡。

[注] 2017 年 10 月 8 日是国庆假期的最后一天，大伙都回程上班，适逢北京下雨，秋雨绵绵，题七绝以记。

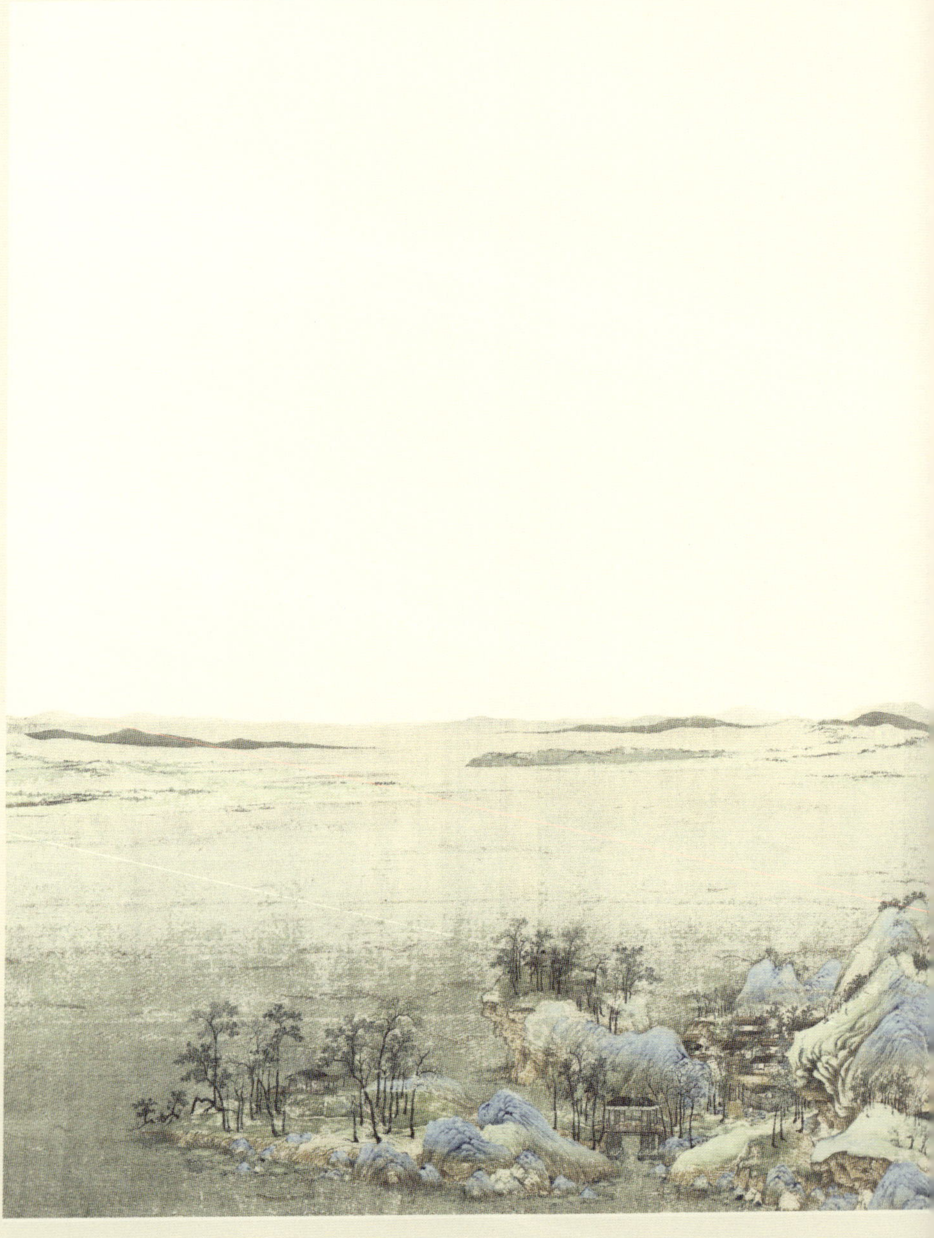

第五篇

寄语佳节以抒怀

元旦席间即兴

戴 琼

元辰风凛寒梅艳,
旦暮云轻腊鼓浓。
快意歌台融舞榭,
乐擎美酒敬群雄。

元旦即兴

戴 琼

松风烛影熏残岁,
寒鸟啁啾舞碧池。
烹雪煮茶邀月至,
摇琴梅下问相知。

［注］恰逢多年挚友来京,我与其煮茶畅聊,是以题记。

寒食遇雪[注]

戴 琼

京畿四月野花盈,
游子归乡空半城。
霰雪凄风寒食夜,
何垣杨柳憩流莺。

[注] 2018年4月4日,恰逢寒食节,前一个冬季都没有下雪的北京,下午下起了小雪。我因公需赶往重庆,感到羁旅劳顿,题七绝以记。

清明偶记

戴 琼

曾折杨柳桥河岸,
再聚桥河已数春。
遥忆兄台春祭处,
清明细雨洗长屯。

清 明 [注]

戴 琼

春风碌碌桃争艳,
驿路沉沉异域留。
新燕啄泥寻旧垒,
斜风梳柳剪春愁。
音容隔断黄泉路,
无尽悲凉碎锦裘。
千里孤坟寻浅祭,
江南遥望泪悄流。

[注] 2017年清明节,家父已西归9年,我身在京城,恰逢有会议而无法回乡祭祀,只能偷偷感伤,填诗一首以记。

清明重庆会友

戴 琼

渝城小雨浥花魂,
濡墨青山绕絮云。
蜂燕低徊莺恋柳,
清明问客洗河豚。

端　午[注]

戴　琼

自古端阳临仲夏，
从来楚地孕忠良。
堂前艾叶垂忧悒，
四海蛟龙竞八荒。
美酒雄黄追屈子，
香囊角粽忆丹阳。
思寻先哲遗余韵，
物阜民丰祈健康。

［注］2017年5月30日是端午节，老家的朋友给我送来香粽和雄黄美酒，我们一起共度节日。其虽年不过四旬，然已两鬓斑白，题七律以记。

秋 [注]

戴 琼

漠漠云天收夏色,
依依木叶舞秋声。
湿人细雨沾衣透,
愁绪寒茫伴露生。

[注] 2017年8月7日为立秋节气。早上,北京下起了小雨。路边的树木经过雨水的洗礼,败叶与残花落了一地,粘在鞋底,黏糊糊的感觉很不舒服。不经意间,我突然发现已来北京整整25年了。喟叹成绩寥寥,心怀忧伤。

中秋远思（一）

戴 琼

月圆星朗映庭廊，
路远山高眷念长。
何处明眸观远景，
惊闻雁去醒愁肠。

中秋远思(二)

戴 琼

空山无语多清韵,
静水流深少乱纷。
坐等千舟帆影尽,
扶风江月送云痕。

中秋远思(三)

戴 琼

一家渔火一孤舟,
烟雨婆娑钓仲秋。
遥望斜阳归雁尽,
飞鸥软语思更稠。

中秋远思（四）

戴　琼

秋日残荷随水去，
蓬蒿子立迎风来。
相思莫道风不语，
交颈鸳鸯掩暮回。

中秋远思(五)

戴 琼

飘零异域数长秋,
独倚南窗听鸟啾。
落萼菊残香且再,
拈花兀自洗清愁。

中秋远思(六)

戴 琼

江清水浅沙洲露,
鸥鸟轻盈戏莲蓬。
不在玉人空遗佩,
我弹瑶瑟负秋风。

中秋远思(七)

戴 琼

苔青石冷清秋迹,
玉露兰香染碧霜。
明月寻芳潜空谷,
素心何事问斜阳。

重阳咏怀

戴 琼

九月九日思九重,
秋花秋月映秋穹。
归鸿望断乡音杳,
缱绻流连菊苑穷。

鹧鸪天·七夕 [注]

李 瑶

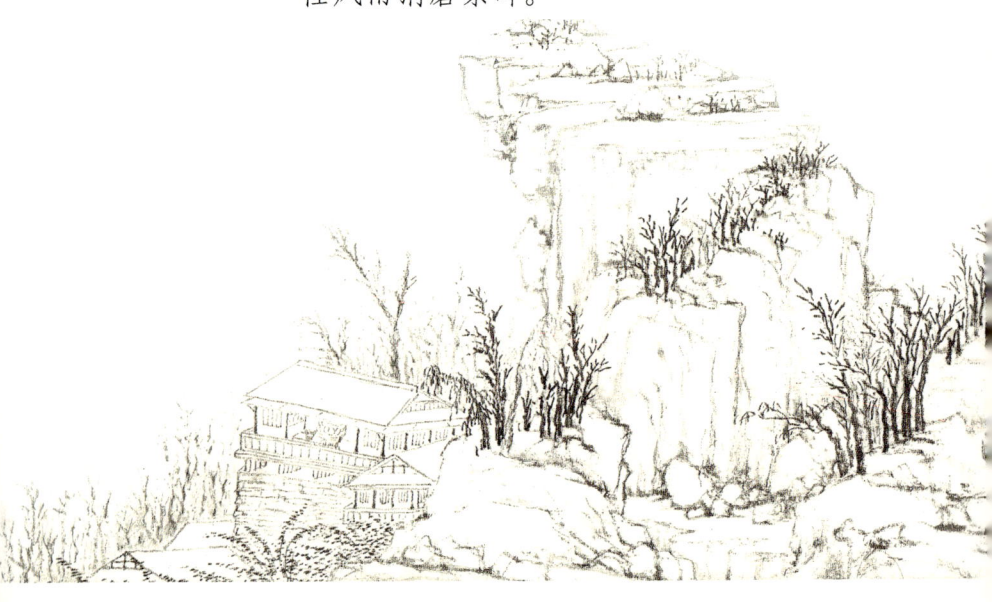

一年一滴相思泪。
天界凡间难相随。
敌不过富贵王权,
终难逃戒律清规。
云悠悠,
草青青。
几声惊雷百花摧。
韶华如梦东流水,
任风雨消磨余晖。

[注] 2018年8月17日,适逢传统"七夕"节,是传说中牛郎织女一年一度相聚于鹊桥的日子。普天同庆中国的情人节,我却感慨于清规困囿,佳偶难成,故作此词。一度一年相思泪,天庭凡间难相随。

秋 至

李 瑶

炎天暑月行将去,
梧桐落叶有三候。
周王设坛祭五帝,
入圃射牲敬蓐收。
冰瓜茄脯香薷饮,
石楠红叶鬓边留。
金桂飘香满枝头,
丛兰欲秀已入秋。

中秋·远思

李 瑶

中秋月，
月到中秋偏离别。
偏离别，
枯荣有数，
阴晴圆缺。
阴晴圆缺且不论，
却是风吹花满怀。
花满怀，
悠悠山泉，
倒影中秋月。

中秋思绪

李 瑶

吴刚捧出桂花酒,
玉阙前缘付清愁。
青岭无卿云中见,
广寒宫内岂能求?
也曾梦里同衾绸,
海誓山盟一念休。
留影经年人去远,
落叶成诗好个秋。

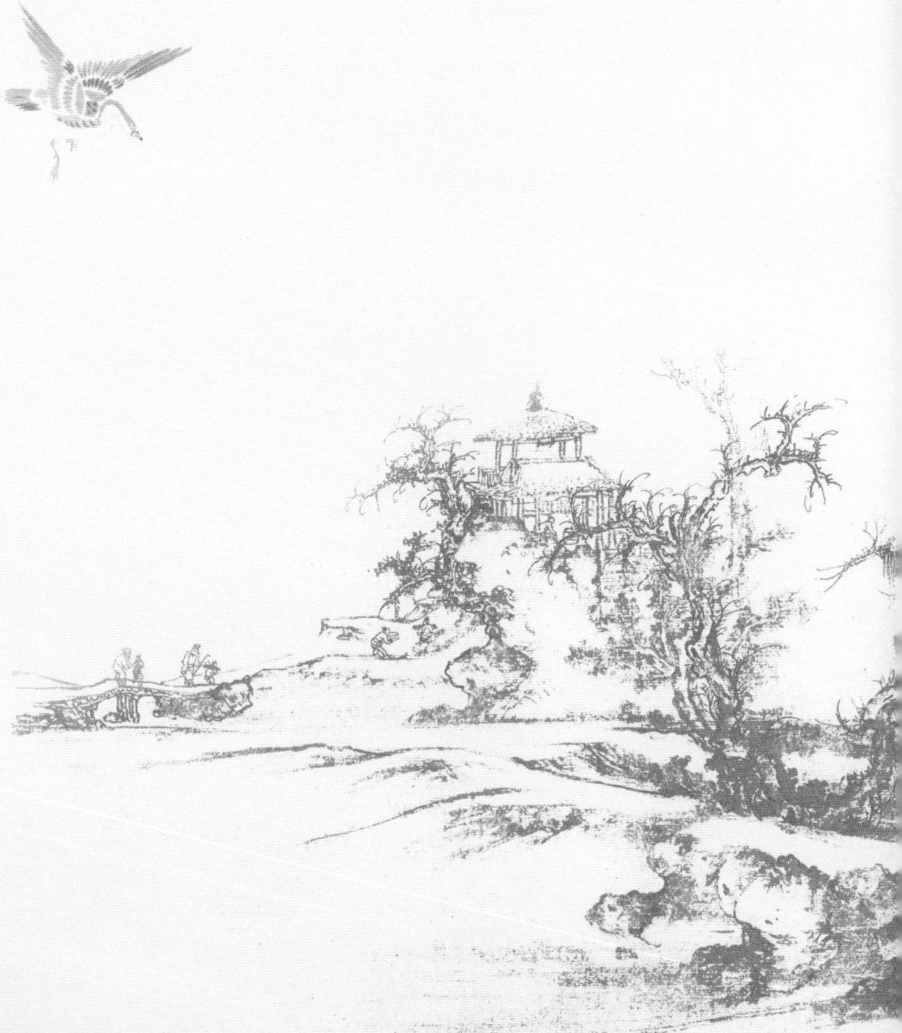

第六篇

相思相忆以萦怀

西江月·独愁

李 瑶

人生如梦彷徨,
世间几多惆怅。
不觉夜色已变凉。
冷风吹透霓裳。
鹣鲽远赴他乡,
月下独自神伤。
画饼中秋寄相思。
默然秉烛案上。

西江月·祈盼

李 瑶

玉盘夜空高挂,
浅塘倒影荷花。
情深意切舞轻纱。
鸳鸯交颈月下。
陌上花开正好,
美人何等妖娆。
流年似水韶华渺。
犹若时光不老。

西江月·琴瑟

李 瑶

琴瑟和鸣同奏,
龙飞舞凤如焕。
恍惚梦里似曾见。
天上凡间爱恋。
世人万种风雅,
深情不误芳华。
举案齐眉共晚霞。
琼林侍宴如花。

钗头凤

李 瑶

赤霞珠。黑品诺。
独饮美酒嫌夜长。
人空静。月色凉。
爱恋如丝,缠绕心房。
念。念。念。
凤求凰。白头吟。
一曲回眸不相离。
鱼鳞燕。极乐鸟。
惟愿比翼。与子成说。
侬。侬。侬。

减字木兰花（一）

李 瑶

枯荷浅塘。
孑然独立余孤茎。
冷透貂裘。
败叶填溪水已冰。
残阳渐去。
一诺倾情笑妄语。
寒光月影。
荷锄归去葬落花。

减字木兰花（二）

李 瑶

清茶渐凉。
几叶青翠凝冷香。
浊酒流觞。
殷殷红豆洒花巷。
慕寒倚竹。
薄裳听雨熄篝火。
夜色俱寂。
一弯残月诉断肠。

长相思(一)

李 瑶

一夕怜。

两相盼。

咫尺天涯无缘见。

独自难心安。

牡丹艳。

桃花残。

似曾相识燕回还。

相思枫叶丹。

长相思（二）[注]

李 瑶

云如斯。
月如斯。
千盏华灯寄相思。
心人知不知？
梦中诗。
曲中词。
江湖儿女且驱驰。
倚窗盼归期。

［注］ 人在江湖，身不由己。2018年7月底，我与朋友因公分别出差至各自家乡，互相颇为思念。朋友深夜拍摄家乡明月给我，勾起思绪无限，遂写《长相思》以寄。

长相思（三）

李　瑶

阑珊树。
宝钗楼。
月浅灯深夜吹箫。
歌舞几时休？
白莲藕。
红豆蔻。
爱如烟波情悠悠。
相思人在否？

喜迁莺

李 瑶

羌笛怨,
琵琶残,
何日了尘缘。
悠悠行路人几何,
只羡双飞燕。
吴江寒,
蜀道难,
西风独倚栏。
今夕可有旧时愿?
不觉到夜阑。

归　途

李　瑶

野店路边绮罗纱，
石门流水陌上花。
云间烟火何满子，
不知何处是秦家。

天净沙·夜半竹影

李 瑶

弦外余音缭绕。
斜影映竹惟肖。
忽高忽低乱草。
漫舞人间。
望穿千年一笑。

思 乡

戴 琼

浮云远影陪征雁,
冷露无声润海棠。
满月盈窗思作枕,
归程杳渺梦回乡。

知　音

戴　琼

流水高山万古琴，
千秋难觅是知音。
相投意趣魂相和，
茅舍竹篱共禅心。

秋 思

戴 琼

落寞秋风系雨丝,
孤帆剪影赴华池。
相思泛滥无凭寄,
红叶摇辉入画诗。

伤　秋

戴　琼

瑟瑟西风秋雨寒，
芙蓉落萼雁初还。
一轮晓月晴空里，
静待梅花舞雪澜。

叹离燕

戴 琼

春情待诉系离愁,
梦绕魂牵念不休。
此去云深归讯渺,
何时交颈共啁啾。

盼回音

戴　琼

繁星璀璨雁初归，
月洒梧桐落叶飞。
遥望平川孤烟尽，
飞鸽不见遣音回。

中秋明月

戴 琼

风含秋露送摇枝,
酒共婵娟万籁时。
皓月清辉舒远水,
半截残语寄相思。

浪淘沙·思乡

戴 琼

舞树影婆娑。
飞雪婀娜。
庭前举酒望乡踱。
室内佳肴香四溢，
无意斟酌。
独自倚南坡。
风雨侵蓑。
寒号声里梦青螺。
孤馆愁浓寒意久，
何处谈说。

蝶恋花·立冬 [注]

戴 琼

冷月清寒归燕晓。
疏柳斜烟,
掩映玄窗袅。
残落飞红林野俏,
摇烛把盏乡音绕。
掐断香丝更漏杳。
霜重寒轻,
犹叹冬来早。
雁去草衰墙外道,
何时莺语桃花笑。

[注] 恰逢立冬节气,有高中老同学来京,我邀请几位老乡小聚。席间,大家谈及往事,我不觉已来北京 25 年。感喟时光易逝,乡音无改。是为记。

减字木兰花（三）

戴 琼

云开雾散。
几缕斜阳凌小院。
虽去惊澜。
轻蹙峨眉犹泪残。
且将低唤。
拂柳轻风醺浅盏。
纵目云岚。
袅袅春晖满玉园。

无 题（七）

戴 琼

断桥驿路流云逝，
阡陌繁城燕子游。
侵骨秋寒盈朔暮，
谁人执手覆征裘。

琼州送别 [注]

戴 琼

流烟澹水画屏幽,
欸乃江船槛外秋。
数点鸥声人已远,
漫天残照上西楼。

[注] 与好友在海南逗留几日之后,我因公返京,只好依依惜别。

跋 [注]

嘤其鸣矣，求其友声
举世交游，拟结金兰

一句懂你，温暖了整段岁月
一声知你，感动了生命全程
不必向他人诉说
让我们在心中最幽微的地方烙上
今日
踽踽独行
他日
化蝶而去……

穿过心灵深处的那一丝柔情
解开岁月深藏心底的迷茫
走进彼此
摇曳一窗温柔的凝望
挥挥手
挣脱尘世的沧桑
落下所有的释然与忙乱
在春夏秋冬的轮回里
悠闲于时光的城垣

[注] 如果没有中小执业机构管理者"领军三期"同学们的相知相助，以及大家的相互激励和相互影响，就不会有本诗集的诞生。谨以我们在2017年10月"领军三期"毕业VCR的配词（《相知篇》）作为本书的跋，以此表达同学们之间的情谊。

读懂你
心灵深处的惆怅
当记忆逐渐被岁月风干
你能否依然
挽着落霞缱绻的秋水
在清寂的梦里
远赴一场恒久隽美的想念
当魂灵的梵音
再次触动你
人性根底的娇嫩
你能否
在泛黄的叶脉里
藏进一个雨落成花的流年

曾经的相处
伴随岁月的百转千回
沉淀成
一份深沉的眷恋
那一串众所周知的轶事
化成
满纸柔情的经卷
我用千年的孤独
供养心魂的花开
伴随摇曳的轻风
飘进你
清浅的心愿
眺望远方朦胧的烟雨
悄然

走进你潺潺的忆念

仰望散落天涯的繁星
探寻初冬凝露的清香
漫步心灵的旷野
在时光的倒影下
终于
找到了一颗心与另一颗心的原乡

难怪感慨
流水高山成千古
如梦幻
竟成真
千里万里
仿佛咫尺间
同窗契友不了情
续往事
谱新篇
瀚海扬波风帆起
向东去
望天际
同心协力
龙门跃锦鲤
岁月峥嵘成往事
小庭院
花满地